Emmanuel Aquin

L'aventure de Pyros

**Illustrations de
Luc Chamberland**

Inspiré de la série télévisée Kaboum,
produite par Productions Pixcom inc.
et diffusée à Télé-Québec

la courte échelle

Les éditions de la courte échelle inc.
5243, boul. Saint-Laurent
Montréal (Québec) H2T 1S4
www.courteechelle.com

Révision:
Nicolas Gisiger et André Lambert

Conception graphique de la couverture:
Elastik

Conception graphique de l'intérieur:
Émilie Beaudoin

Infographie:
Nathalie Thomas

Coloriste:
Marie-Michelle Laflamme

Dépôt légal, 3e trimestre 2008
Bibliothèque nationale du Québec

D'après la série télévisuelle intitulée *Kaboum* produite par Productions
Pixcom Inc. et télédiffusée par Télé-Québec.

La courte échelle reconnaît l'aide financière du gouvernement du Canada par
l'entremise du Programme d'aide au développement de l'industrie de l'édition
pour ses activités d'édition. La courte échelle est aussi inscrite au programme
de subvention globale du Conseil des Arts du Canada et reçoit l'appui du
gouvernement du Québec par l'intermédiaire de la SODEC.

La courte échelle bénéficie également du Programme de crédit d'impôt pour
l'édition de livres — Gestion SODEC — du gouvernement du Québec.

**Catalogage avant publication de Bibliothèque et Archives nationales
du Québec et Bibliothèque et Archives Canada**

Aquin, Emmanuel

Kaboum

(Série La brigade des sentinelles; t. 9)
Sommaire: t. 9. L'aventure de Pyros.
Pour enfants de 6 ans et plus.

ISBN 978-2-89651-060-3

I. Chamberland, Luc. II. Titre. III. Titre: L'aventure de Pyros.
IV. Collection: Aquin, Emmanuel. Série La brigade des sentinelles.

PS8551.Q84K33 2007   jC843'.54   C2007-942059-1
PS9551.Q84K33 2007

Imprimé au Canada

Emmanuel Aquin

L'aventure de Pyros

Illustrations de
Luc Chamberland

la courte échelle

Les Karmadors et les Krashmals

Un jour, il y a plus de mille ans, une météorite s'est écrasée près d'un village viking. Les villageois ont alors entendu un grand bruit: *kaboum!* Le lendemain matin, ils ont remarqué que l'eau de pluie qui s'était accumulée dans le trou laissé par la météorite était devenue violette. Ils l'ont donc appelée… *l'eau de Kaboum.*

Ce liquide étrange avait la vertu de rendre les bons meilleurs et les méchants pires, ainsi que de donner des superpouvoirs. Au fil du temps, on a appelé les bons qui en buvaient les *Karmadors*, et les méchants, les *Krashmals*.

Au moment où commence notre histoire, il ne reste qu'une seule cruche d'eau de Kaboum, gardée précieusement par les Karmadors.

Le but ultime des Krashmals est de voler cette eau pour devenir invincibles. En attendant, ils tentent de dominer le monde en commettant des crimes en tous genres. Heureusement, les Karmadors sont là pour les en empêcher.

Les personnages du roman

Magma (Thomas)

Magma est un scientifique. Sa passion : travailler entouré de fioles et d'éprouvettes. Ce Karmador grand et plutôt mince préfère la ruse à la force. Lorsqu'il se concentre, Magma peut chauffer n'importe quel métal jusqu'au point de fusion.

Gaïa (Julie)

Gaïa est discrète comme une souris : petite, mince, gênée, elle fait tout pour être invisible. Son costume de Karmadore comporte une cape verdâtre qui lui permet de se camoufler dans la nature.

Mistral (Jérôme)

Mistral est un beau jeune homme aux cheveux blonds et aux yeux bleus, fier comme un paon et sûr de lui. Son pouvoir est son supersouffle, qui lui permet de créer un courant d'air très puissant.

Lumina (Corinne)

Lumina est une Karmadore solitaire très jolie et très coquette. Elle est capable de générer une grande lumière dans la paume de sa main. Quand Lumina tient la main de son frère jumeau, Mistral, la lumière émane de ses yeux et s'intensifie au point de pouvoir aveugler une personne.

Xavier Cardinal

Xavier est plus fasciné par la lecture que par les sports. À sept ans, le frère de Mathilde est un rêveur, souvent dans la lune. Il est blond et a un œil vert et un œil marron (source de moqueries pour ses camarades à l'école). Xavier, qui est petit pour son âge, a hâte de grandir pour devenir enfin un superhéros, un pompier ou un astronaute.

Mathilde Cardinal

C'est la grande sœur de Xavier et elle n'a peur de rien. À neuf ans, Mathilde est une enfant un peu grande et maigre pour son âge. Sa chevelure rousse et ses taches de rousseur la complexent beaucoup. En tout temps, Mathilde porte au cou un médaillon qui lui a été donné par son père.

Pénélope Cardinal

Pénélope est la mère de Mathilde et de Xavier. Cette femme de 39 ans est frêle, a un teint pâle et une chevelure blanche. Elle est atteinte d'un mal inconnu qui la cloue dans un fauteuil roulant.

Les personnages du roman

Pyros

Pyros est un Karmador du XIXe siècle. Il est
fonceur et très courageux. Son pouvoir est de
contrôler le feu : il peut allumer ou éteindre des
flammes ! Son rôle est de protéger les bateaux
des attaques des pirates krashmals, et il est prêt à tout
pour défendre la vie des honnêtes citoyens. Pyros est
l'arrière-arrière-arrière-grand-père de Xavier et de Mathilde.

Mélopée

Cette Amérindienne du clan du Cardinal est une
alliée de Pyros. Elle aide les Karmadors à protéger
l'eau de Kaboum : c'est une shamane et elle peut
faire des incantations. Elle a aussi le pouvoir de calmer les
gens grâce au son de sa voix. Mélopée est l'arrière-arrière-
grand-mère de Pénélope.

Éclipse

Éclipse est le grand chef des Karmadors du
XIXe siècle. Il dirige ses troupes à partir de son
quartier général, situé dans une grotte, sous un
magasin général (qui deviendra plus tard
l'Épicerie Bordeleau).

Docteur Gorgon

Ce terrible Krashmal est un grand criminel et un
adversaire redoutable. Grâce à son pouvoir, celui
de paralyser les gens avec son regard, il réussira une chose
impensable : voler de l'eau de Kaboum !

Blizzard

Blizzard est une brute krashmale qui n'a
pas peur de se servir de ses revolvers. Son
pouvoir : lancer des jets de glace qui peuvent frigorifier ou
même assommer ses adversaires. Il est l'assistant du docteur
Gorgon ; si vous les croisez tous les deux dans la rue, courez
vous mettre à l'abri !

Shlaq

Ce terrible Krashmal s'habille comme un motard. Il est
trapu et a la carrure d'un taureau – il a d'ailleurs un gros
anneau dans le nez, et de la fumée sort de ses narines lorsqu'il
est énervé. De ses mains émanent des rayons qui ont pour
effet d'alourdir les gens : il peut rendre sa victime tellement
pesante qu'elle ne peut plus bouger, écrasée par la gravité.

Fiouze

Fiouze est une créature poilue au dos voûté et aux
membres allongés. Il ricane comme une hyène. C'est le plus
fidèle assistant de Shlaq.

Chapitre 1

Xavier se réveille en sursautant. Il a rêvé à des cowboys toute la nuit.

C'est le matin. Le garçon s'est endormi en lisant tard hier soir. Sur ses genoux se trouve le journal de Pyros, son ancêtre karmador. Xavier a trouvé ce cahier de cuir dans une vieille malle, la veille. Il aurait voulu en terminer la lecture, mais il était trop fatigué. Il ne s'est pas rendu plus loin que la page 3...

Xavier meurt de faim. Il court dans la cuisine pour se préparer un bol de céréales. Puis il remonte en vitesse dans sa chambre afin de lire sa précieuse trouvaille.

Il s'installe sur son lit. Il ouvre le journal méticuleusement. Les pages jaunies par le temps dégagent une odeur de vieux bois. Le garçon s'apprête à s'embarquer dans une belle aventure.

Mout et Sheba, les deux nouveaux chats de la ferme, viennent se coucher sur son lit. D'une main distraite, Xavier les flatte tandis qu'il commence à lire le récit de son ancêtre…

Chapitre 2

«27 septembre 1871.

Je m'appelle Pyros et voici mon histoire. Je la couche sur papier, car je ne sais pas si je vivrai assez vieux pour la raconter à mes enfants.

Je viens de vivre une aventure incroyable qui aurait pu avoir des conséquences catastrophiques pour l'humanité. Je dois faire l'impossible pour protéger la précieuse substance que j'ai arrachée aux griffes des Krashmals.

Je suis un Karmador depuis plusieurs

années déjà. On m'a chargé de surveiller la voie maritime du fleuve Saint-Laurent, entre Montréal et Québec. Les Krashmals rôdent souvent le long des côtes, tels des pirates, à l'affût des convois sans protection. J'escorte donc les voiliers qui transportent des biens venus d'Europe.

Un jour, le mois dernier, j'ai escorté l'*Argos*, en provenance d'Angleterre. Je protégeais une cargaison de produits chimiques qui était destinée à Éclipse, le grand chef des Karmadors. Nous avons atteint Montréal en début d'après-midi. Nous avons déchargé le navire, et j'ai traversé la ville dans un chariot rempli de caisses fragiles.

Le quartier général des Karmadors est situé sous un magasin général, Payette et fils, aménagé dans la caverne où se trouve la cruche contenant de l'eau de Kaboum.

Mon chariot s'est arrêté devant le commerce, et j'ai commencé à décharger les caisses. Soudain, la vitrine du magasin a volé en éclats, et deux hommes en ont jailli !

L'un était grand et mince ; il portait un chapeau haut de forme et tenait un petit sac de cuir. L'autre était trapu et musclé, habillé comme un cowboy; un chapeau à large bord couvrait sa tête et il portait un revolver à sa ceinture. Ils avaient l'air de criminels.

J'avais une caisse de produits chimiques très volatiles dans les mains que je ne pouvais pas laisser tomber. Je me suis penché pour la poser en tournant le dos au magasin pendant une seconde. C'est alors que j'ai reçu un gros morceau de glace sur la tête!

Je suis tombé de tout mon long sur le pavé, à demi conscient. J'ai pu voir un Karmador arriver en courant. Il s'agissait de Perceval. Il a fait tourner son lasso dans les airs pour capturer les deux hommes.

Soudain, le grand fuyard s'est arrêté et a fixé le Karmador. De ses yeux est sorti un rayon qui a frappé Perceval de plein fouet. Ces criminels étaient des Krashmals!

Perceval est resté figé, le bras en l'air. Le rayon l'a complètement paralysé! J'étais trop faible pour me relever ou pour agir. J'ai assisté, impuissant, à la fuite des deux Krashmals, qui ont sauté sur leurs chevaux noirs. Ils ont quitté les lieux en quelques secondes.

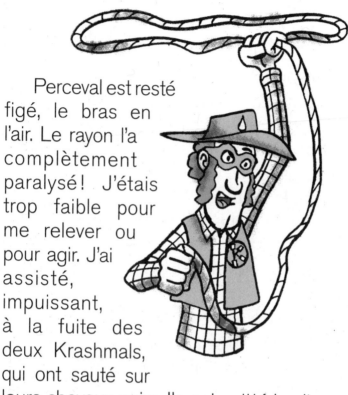

Je me suis relevé, étourdi. Par terre, à mes pieds, gisait un morceau de glace qui fondait tranquillement. Et pourtant nous étions au mois de juillet!

✦✦✦

Perceval ne bougeait plus, toujours debout. L'effet du rayon krashmal était très puissant. Une foule de passants s'est formée autour de nous. Heureusement, mon uniforme de Karmador cachait ma véritable identité.

— Ce sont les Karmadors! a lancé un petit garçon qui lisait nos aventures dans les journaux. Et là! Voilà leur chef, Éclipse!

En effet, un Karmador barbu est venu à ma rencontre. Il avait des marques au visage. Je me suis empressé de lui faire mon rapport:

— Éclipse! Nous avons été attaqués par deux Krashmals!

— Je sais, Pyros. Il s'agit du docteur Gorgon et de son acolyte, Blizzard.

— Blizzard? Le Krashmal qui a le

pouvoir d'envoyer des jets de glace ? C'est donc lui qui m'a assommé quand j'avais le dos tourné !

Éclipse a examiné le pauvre Perceval, immobile :

— C'est le rayon paralysant de Gorgon qui l'a mis dans cet état. Je crains que Perceval ne soit hors de combat pour encore quelques heures.

Le chef des Karmadors m'a mené à l'intérieur du magasin général, dans un coin désert. Il avait l'air grave :

— Pyros, les Krashmals viennent de voler de l'eau de Kaboum!

— Comment est-ce possible?

— Il semble que le docteur Gorgon ait finalement trouvé la cachette de la cruche, sous le magasin. Il s'est faufilé avec Blizzard dans le quartier général, et ils m'ont attaqué par surprise.

Il m'a montré les égratignures qu'il avait au visage.

— Sont-ils partis avec la cruche entière? me suis-je empressé de demander.

— Non. Elle est soudée à une roche; il est impossible de la déloger. Ils se sont contentés de remplir trois petits flacons et ils sont repartis.

En retraçant le parcours des Krashmals dans le magasin, j'ai trouvé des débris de verre au milieu d'une petite flaque d'eau, sur le plancher. Dans sa fuite, le docteur Gorgon avait échappé un de ses flacons!

Éclipse est venu constater les faits :

— Voilà au moins un flacon qu'ils ne boiront pas ! a-t-il lancé en tentant de récupérer l'eau précieuse avec un compte-gouttes.

Il suffit à une personne de boire une seule goutte d'eau de Kaboum pour avoir des superpouvoirs. Tous les Karmadors, dans leur jeunesse, en boivent une infime quantité.

Les Krashmals, eux, en ont tellement abusé dans le passé qu'ils en sont maintenant imprégnés. Ils ont des pouvoirs maléfiques à leur naissance. Si un Krashmal buvait de l'eau de Kaboum, ses pouvoirs seraient décuplés et il deviendrait invincible. Voilà pourquoi les Krashmals sont tant attirés par cette cruche.

Éclipse m'a pris par le bras :

— Pyros, tu es le seul Karmador qui peut arrêter Gorgon ! Tu dois le rattraper à tout prix !

— Mais il est sûrement trop tard!

— Pas nécessairement. Le docteur Gorgon est réputé pour sa méfiance. Je crois qu'il voudra tester une petite quantité du liquide sur un cobaye avant de le boire lui-même.

— Les Krashmals ont de l'avance; il ne sera pas facile des les rattraper avant que Gorgon crée une armée de Krashmals invulnérables.

— Ne t'en fais pas, je vais trouver de l'aide.

Éclipse a appuyé sur un bouton dissimulé derrière le comptoir. J'ai entendu une petite clochette, au loin.

Une jeune femme indienne est arrivée en courant. Le chef des Karmadors me l'a présentée fièrement:

— Voici Mélopée. C'est une shamane du clan du Cardinal; comme tous ceux qui en font partie, elle est immunisée contre les pouvoirs des Krashmals. Elle va t'aider à retrouver ces satanés voleurs.

Mélopée était vêtue de peaux de daim, un oiseau rouge était brodé sur sa tunique: le symbole de son clan. Mais ce qui était frappant chez elle, c'était sa très longue chevelure noire, au milieu de laquelle brillait une mèche de cheveux d'un blanc éclatant.

— Alors il n'y a pas une seconde à perdre! Mélopée, suis-moi, nous allons prendre mon chariot.

Mélopée m'a retenu:
— Non. Nous allons prendre mon

cheval. Il est plus rapide que tous les chariots du monde!

— Nous n'avons pas le temps! Mon chariot est juste à côté, viens!

Éclipse s'est imposé:

— Pyros, prends le cheval de Mélopée. Tu ne le regretteras pas. Pégasus est dans l'écurie, à l'arrière.

J'ai obéi à mon chef et j'ai emboîté le pas à Mélopée.

Derrière le magasin général, il y avait une écurie, où buvaient paisiblement trois chevaux.

Je n'étais pas impressionné. Ces chevaux n'avaient pas l'air plus rapides que mon chariot. Je me suis tourné vers Mélopée:

— Pourquoi as-tu insisté pour que...

Je me suis interrompu en voyant Pégasus sortir de sa stalle. La magnifique bête au pelage blanc étincelant avait sur son dos... deux grandes ailes!

Je ne savais que dire devant ce prodige de la nature. En voyant ma réaction, Mélopée n'a pas pu s'empêcher de sourire :

— Pégasus vole aussi vite qu'un faucon ! Allez, viens !

Mélopée est montée en selle. Sans perdre un instant, je me suis placé derrière elle. Éclipse m'a interpellé :

— Sois très prudent, Pyros ! Le regard paralysant de Gorgon et les jets de glace de Blizzard sont dangereux ; un Karmador pourrait facilement y laisser sa peau !

— Je ramènerai l'eau de Kaboum ! ai-je lancé en serrant les talons.

Une fois que nous étions dans les nuages, Mélopée s'est retournée :

— Alors, quel est ton pouvoir, Pyros ?

— Je contrôle le feu. Je peux allumer ou éteindre des flammes.

— Ça doit être pratique pour cuisiner ! m'a-t-elle lancé en me faisant un clin d'œil.

— Je n'aime pas cuisiner, ai-je répondu.

Je scrutais l'horizon afin d'apercevoir deux chevaux noirs en cavale. Comment repérer les Krashmals au milieu du paysage ? Ils pouvaient être n'importe où ! Je commençais à me décourager.

Mélopée m'a indiqué du doigt un village, au loin :

— C'est là que nous allons.

— Pourquoi là ? Je ne vois pas de trace des Krashmals dans les environs.

— C'est un village du clan de l'Aigle. Ses habitants vont nous aider.

Guidé par Mélopée, Pégasus a cessé de battre des ailes et a entrepris un vol plané vers les petites habitations de bois.

Nous nous sommes retrouvés au milieu de maisons et de tentes, près d'une immense forêt.

Aussitôt, un petit homme est venu à notre rencontre. Il s'agissait d'un métis, moitié Blanc, moitié Indien. Il portait un grand sac :

— Salut, les amis! Je suis Désiré, du clan du Castor. J'ai un cadeau pour vous!

L'homme a ouvert son sac, rempli d'objets en tous genres. Il y avait des gobelets en métal, des montres de gousset, une paire de mocassins, un petit miroir et une lanterne.

— Mais pourquoi nous donner un cadeau? ai-je demandé.

Mélopée a répondu pour lui:

— Parce que c'est aujourd'hui le jour de la Pie, où tous les membres du clan du Castor doivent offrir quelque chose à un étranger.

Désiré a souri:

— Alors, que choisissez-vous?

— Je suis pressé, je n'ai pas de temps à perdre! ai-je répondu.

— Dans ce cas, prenez le petit miroir. On ne sait jamais quand ça peut servir...

Il m'a fait un clin d'œil tandis que j'acceptais son cadeau. Que voilà un être étrange!

Puis, une nouvelle personne est venue à notre rencontre. Il s'agissait d'un Indien aux larges épaules. Il nous a accueillis avec un air grave et s'est adressé à Mélopée:

— Je suis Cyclope, du clan de l'Aigle. Que viens-tu faire ici et qui est cet homme masqué?

Avant que je puisse me présenter, Mélopée a répondu:

— Salut, Cyclope. Je suis Mélopée, du clan du Cardinal, et cet homme est Pyros, un Karmador. Nous avons besoin de ton aide pour retrouver deux brigands krashmals qui ont commis un méfait terrible.

— Ils ont volé de l'eau de Kaboum, ai-je expliqué. Si nous n'intervenons pas rapidement, les Krashmals vont devenir invincibles!

Cyclope a froncé les sourcils; il m'a jaugé en me regardant de la tête aux pieds. Il s'est ensuite tourné vers Mélopée:

— J'accepte de vous aider, mais il y a une condition. Je ne veux pas que le Karmador m'adresse la parole. Parler aux hommes masqués porte malchance. Ces gens-là ont toujours quelque chose à cacher!

J'allais répondre que je portais un masque pour protéger mon identité secrète lorsque Mélopée m'a fait signe de me taire. Elle a souri à Cyclope:

— Nous te remercions de ton aide. Et Pyros ne te parlera pas. Je te le jure sur le totem de mon clan.

— Venez dans mon tipi.

Nous avons docilement emboîté le pas à Cyclope, qui nous a menés à une petite tente, loin des maisons.

Mélopée m'a chuchoté:

— C'est la Tente des Visions. Le clan de l'Aigle est connu pour ses dons de voyance. Cyclope va pouvoir nous dire où se cachent les Krashmals.

À l'intérieur de la tente en peau de daim, Cyclope s'est installé derrière un grand bol de cuivre, posé sur le sol. Mélopée et moi nous sommes assis à côté de lui. Le grand Indien m'a dévisagé pendant de longues secondes avant de dire à ma collègue:

— Ce Karmador est étrange. Il a un œil brun et un œil bleu. On dirait qu'il n'a pas été capable de décider quelle couleur choisir à sa naissance.

Puis il a lancé une poudre blanche au milieu du bol vide. Une grande fumée a jailli.

Cyclope a fermé les yeux et a commencé une incantation dans une langue que je ne connaissais pas. Mélopée avait l'air de comprendre ce qu'il faisait. J'aurais bien voulu poser des questions.

Soudain, au milieu du front de Cyclope, un pli est apparu. Une petite fente noire. Tranquillement, la fente s'est ouverte

comme une paupière... et a révélé un œil! J'ai eu un mouvement de recul. Mélopée m'a serré la main pour que je reste immobile.

Avec son troisième œil, Cyclope a scruté la fumée blanche qui émanait du bol. Plus son regard était intense, plus la fumée s'agitait. Au milieu de celle-ci, une image est apparue. Elle était floue au début, mais elle est devenue plus nette. J'étais fasciné!

On distinguait deux Krashmals. Ils étaient devant une gare. Le docteur Gorgon portait toujours son petit sac de cuir, dans lequel se trouvaient les flacons volés.

— Les bandits vont prendre le chariot de métal. Ils transportent un trésor précieux dans un sac de cuir.

— C'est l'eau de Kaboum! me suis-je écrié sans réfléchir. L'ont-ils bue?

L'œil de Cyclope s'est refermé aussitôt, et la fumée s'est dissipée. L'homme a rouvert ses yeux. Son regard était très dur. J'ai réalisé que je venais de lui adresser la parole malgré sa requête. Mélopée a poussé un soupir de déception.

— L'homme masqué m'a parlé! a dit notre hôte. La malchance va s'abattre sur moi et sur ma descendance. Veuillez quitter ma tente et partir immédiatement!

— Je m'excuse. C'était plus fort que moi, ai-je plaidé.

— Viens, Pyros, m'a glissé Mélopée. N'empire pas la situation.

✦✦✦

Nous avons repris place en vitesse sur la selle de Pégasus. D'un grand coup d'aile, notre monture s'est envolée, et nous avons quitté le village du clan de l'Aigle.

— Bravo! m'a lancé Mélopée. J'avais juré sur le totem de mon clan que tu allais te taire! Non seulement tu as contrarié notre hôte mais, en plus, tu as sali ma réputation!

J'étais déçu et très humilié.

— Je suis désolé, ai-je dit. Mais, au moins, nous connaissons la destination des Krashmals. Il y a une ville un peu plus loin, c'est probablement là qu'ils ont pris le train.

Mélopée a serré les talons pour faire comprendre à Pégasus de se diriger vers la ville. Silencieusement, j'ai prié pour que nous puissions rattraper Blizzard et le docteur Gorgon avant qu'il ne soit trop tard...

Chapitre 3

Pégasus s'est posé dans la rue principale. Les chariots et les chevaux se sont arrêtés autour de nous. Tous les passants nous fixaient comme si nous étions des magiciens tombés du ciel. Ce que nous étions!

Une fillette qui jouait avec un cerceau m'a désigné du doigt:

— C'est un Karmador! Les Karmadors sont là!

Une petite foule de curieux s'est formée autour de nous. J'ai levé la main pour m'adresser à eux :

— Je m'appelle Pyros et j'ai une mission très importante. Deux Krashmals sont passés par ici et je crois qu'ils ont pris le train. L'un est grand et mince, et porte un chapeau haut de forme. L'autre est un cowboy. Leurs chevaux sont noirs. Pouvez-vous me dire dans quelle direction ils sont partis ?

La fillette au cerceau s'est approchée de moi :

— Je les ai vus à la gare. Ils ont pris le train de 15 h 10 qui se rend à Yuma. Vous voyez les rails, derrière l'écurie ? Leur train est parti par là.

— Merci ! ai-je lancé.

La grande horloge de la mairie indiquait 17 h 15. Le train avait plus de deux heures d'avance sur nous !

Nous nous sommes envolés aussitôt.

⚡⚡⚡

Du haut des cieux, nous suivions les rails, qui traversaient le paysage comme un fil d'argent.

Tandis que Pégasus battait des ailes, j'ai posé à Mélopée une question qui me chatouillait la langue:

— Comment se fait-il que tu sois immunisée contre les pouvoirs des Krashmals?

— Il y a des siècles que le clan du Cardinal a juré de protéger l'eau de Kaboum pour qu'elle ne tombe pas sous la griffe de tous ceux qui veulent en abuser. Pour mieux remplir cette promesse, mes ancêtres ont bu une petite quantité d'eau et ont développé cette immunité.

— Combien de clans existe-t-il? ai-je demandé, curieux.

— Des dizaines. Dans la région, il y a le clan du Castor, constitué surtout de marchands. Puis il y a le clan du Renard, composé de Krashmals qui ont des attributs d'animaux. Certains sont poilus et ressemblent plus à des bêtes qu'à des humains.

— Y a-t-il des Krashmals indiens?

— Oui. Tout comme chez les Blancs, il y a parmi nous des bons et des méchants. Blizzard, par exemple, est un Krashmal du clan du Vautour, redouté pour sa méchanceté.

Alors que j'allais poser une autre question, j'ai aperçu de la fumée qui montait à l'horizon. Nous étions sur le point de rattraper la locomotive!

42

Pégasus s'est posé sur le toit d'un wagon alors que le train était en marche. J'ai mis pied à terre, tous les sens aux aguets. Mélopée est restée sur la monture :

— Je vais retourner dans les airs pour mieux surveiller le train. Si j'aperçois les Krashmals, je te ferai signe !

Tandis que Mélopée s'envolait sur le cheval ailé, j'ai marché sur le toit. Puis j'ai descendu une petite échelle entre deux wagons. Je suis entré dans la cabine par une porte.

À l'intérieur, les passagers ont réagi en me voyant. Je les ai calmés aussitôt :

— Mesdames et messieurs, n'ayez pas peur de mon masque. Je ne suis pas un voleur, je suis un Karmador. Je suis à la poursuite de deux Krashmals. Le premier est un...

Je me suis interrompu quand mon regard s'est posé sur deux hommes aux vêtements sombres, au fond du wagon. Gorgon et Blizzard ! Ils se sont levés en même temps. Blizzard a mis la main à sa ceinture :

— Prépare-toi à mourir, Karmador ! a-t-il lancé.

Les passagers ont crié et se sont penchés pour se protéger. Blizzard a dégainé son revolver. Il allait me tirer dessus alors que je n'étais même pas armé !

J'ai tendu la main…

Le Krashmal a appuyé sur la gâchette mais, grâce à mon pouvoir, je l'ai empêché de faire feu.

J'aurais pu projeter mon propre rayon de flammes, mais je ne pouvais pas le faire sans risquer de blesser des innocents.

C'est alors que le docteur Gorgon a éclaté de rire:

— Pauvre Karmador! Tu ne saisis pas: j'ai bu de l'eau de Kaboum et je suis invincible!

Ma pire crainte venait de se réaliser. Gorgon a projeté de ses yeux son rayon paralysant. Je l'ai évité de justesse, et il a percuté le contrôleur du train, derrière moi.

L'homme s'est aussitôt changé en statue de pierre ! Grâce à l'eau de Kaboum, le pouvoir de Gorgon avait décuplé ! Au lieu de simplement paralyser les gens pendant quelques minutes, il était devenu mortel !

Blizzard a profité de ma stupéfaction pour émettre son propre rayon glacial.

Un jet de grêlons m'a heurté le visage de plein fouet. Sous la force du choc, j'ai été jeté contre la fenêtre. Des morceaux m'avaient frappé les yeux, j'étais aveuglé.

Blizzard m'a envoyé une deuxième salve de glace. Ne pouvant pas me défendre, j'ai reçu les glaçons au milieu de la poitrine. Le coup m'a fait passer à travers la fenêtre, et j'ai été éjecté du train comme une vieille chaussette!

Je me suis senti tomber dans le vide. Le train roulait sur un pont au-dessus d'un ravin. J'ai compris alors que j'avais échoué dans ma mission.

Gorgon était devenu invincible, et les Karmadors n'avaient aucune chance contre lui. J'allais mourir écrasé, sans pouvoir les avertir du danger qui les guettait.

C'est alors que j'ai senti une paire de bras me saisir. Mélopée! En chevauchant Pégasus, elle avait réussi à voler à ma rescousse pour me sauver d'une mort certaine!

Notre cheval s'est posé dans une plaine. Au loin, le train continuait son chemin et emportait les Krashmals vers leur destination.

Mélopée m'a étendu sur le sol pour me soigner.

Je ne voulais pas qu'elle perde son temps. Il fallait avertir Éclipse de la catastrophe.

J'étais très agité. Mes yeux me faisaient souffrir. Une voix magnifique s'est fait entendre. Une douce mélodie, enivrante et calmante.

Je me suis laissé bercer par le chant angélique de Mélopée, et ma douleur s'est atténuée.

Ma partenaire était une shamane qui connaissait le remède à mon mal. Grâce à une compresse d'herbes et de poudres secrètes, elle a guéri mes yeux blessés. Je pouvais enfin voir autour de moi.

J'étais guéri, mais la situation demeurait très grave: les Krashmals avaient bu l'eau de Kaboum!

— Je suppose que seul le docteur Gorgon en a avalé, a dit Mélopée. Il tient probablement à rester le plus fort des Krashmals pour devenir leur chef. Si tous les Krashmals buvaient de l'eau de

Kaboum, ils seraient aussi forts les uns que les autres, et Gorgon ne pourrait plus les dominer.

— Gorgon est invincible. Comment l'arrêter? me suis-je lamenté.

Mes yeux brûlaient encore. J'ai sorti le petit miroir que m'avait donné Désiré, du clan du Castor, pour inspecter mon visage : j'étais couvert d'éraflures à cause de la glace de Blizzard. Exactement comme Éclipse après l'attaque des Krashmals.

En me voyant ainsi, Mélopée a eu une idée :

— Je crois que j'ai trouvé le moyen d'arrêter le docteur Gorgon!

— Comment? Si Gorgon a bu de l'eau de Kaboum, il est immunisé contre les pouvoirs des Karmadors!

Elle m'a lancé un clin d'œil :

— Tu oublies que moi, je suis immunisée contre les pouvoirs des Krashmals!

Chapitre 4

Assis sur le dos de Pégasus, nous avons suivi les rails.

Le train a fait un arrêt à Silverado, un petit village du Far West. Nous avons attaché notre monture derrière une grange.

Mélopée a concocté un plan risqué pour neutraliser nos adversaires.

Elle s'est faufilée vers le train. Tous les passagers, terrorisés à l'idée de voyager en compagnie de Krashmals, sont sortis des wagons. Ma partenaire est montée à bord…

Pendant ce temps, je suis allé me poster sur le quai principal, bien en vue. Par les fenêtres du train, je pouvais voir Mélopée avancer à l'intérieur.

Soudain, elle m'a fait signe : elle avait repéré les Krashmals !

Ma mission était simple : attirer l'attention de Blizzard tandis que Mélopée s'occupait du docteur Gorgon. J'ai donc crié de toutes mes forces :

— Blizzard ! Où es-tu ? Je suis Pyros le Karmador ! Je te propose un duel ! Toi et moi ! Que le meilleur gagne !

Aussitôt, Blizzard a débarqué du wagon. Avec son chapeau et ses bottes à éperons, il avait l'air d'un tueur.

— Tu es encore vivant, sale petit rat?
a-t-il rugi en crachant par terre.

— Je veux savoir qui de nous deux est
le plus fort!

$$\sharp\sharp\sharp$$

À l'intérieur du wagon, Mélopée s'est
retrouvée seule devant le docteur Gorgon.
Ce dernier ne comprenait pas pourquoi
elle ne s'enfuyait pas comme les autres:

— Qui es-tu pour ne pas avoir peur de
moi? a demandé le Krashmal.

— Je suis Mélopée, du clan du Cardinal. Je suis venue t'arrêter.

— Tu ne peux rien faire contre moi!
Mon pouvoir est invincible et je suis invul-
nérable! Je vais te réduire en poussière!

Gorgon a ouvert grand les yeux pour
émettre son terrible rayon. Mélopée a été
touchée en pleine poitrine, mais elle n'a

pas flanché. Elle avait raison : les Krash-mals ne pouvaient rien contre elle !

Le vil docteur a poussé un cri de rage :

— Comment oses-tu me résister ?

⚡⚡⚡

Sur le quai, Blizzard et moi étions plantés l'un en face de l'autre, à une distance de trente pas.

On pouvait entendre le vent siffler tellement l'endroit était désert. Derrière les fenêtres de la gare, les citoyens de Silverado assistaient à notre duel. Ils étaient à la fois fascinés et terrifiés.

Blizzard avait un sourire en coin :

— Tu crois être le plus rapide, hein ?

Il agitait les mains et se déliait les doigts près de ses cuisses. Ses ongles étaient couverts de glace. Il s'apprêtait à me tirer dessus avec toute la force de son pouvoir.

Je respirais calmement. Une légère fumée émanait de mes mains rougies. J'étais prêt à lui envoyer un jet de flammes dont il allait se souvenir longtemps!

Nous sommes restés plusieurs secondes ainsi. Deux tireurs aux aguets. Un bon et un méchant. Et un seul d'entre nous deux allait quitter Silverado indemne.

— Je vais compter jusqu'à trois, ai-je lancé à mon adversaire.

— Je suis prêt, petit Karmador.

— D'accord. Un! Deux!…

Il a tiré avant que j'arrive à trois.

Son jet de glace est parti à une vitesse fulgurante. Mais je n'étais pas un débutant. J'ai levé la main et j'ai produit tout le feu dont j'étais capable.

Ses grêlons et mes flammes se sont rencontrés en provoquant une explosion de vapeur.

Dans le wagon, Gorgon était enragé :

— Tu as beau résister à mon rayon, tu ne peux rien faire contre moi !

Pleine de courage, Mélopée s'est plantée devant lui :

— Ton pouvoir me fait rire, Gorgon !

— Quelle arrogance ! Tu vas voir de quel bois je me chauffe !

Gorgon a tiré un autre rayon. Mélopée a alors levé le bras vers son adversaire.

Dans sa main, elle tenait le petit miroir qu'on m'avait donné.

Le rayon du docteur a rebondi sur la glace et est retourné vers le Krashmal!

Gorgon a poussé un cri terrible. La seule chose sur Terre qui pouvait l'affecter était son propre rayon, auquel rien ne pouvait résister. Il s'est transformé lui-même en statue de pierre!

⚡⚡⚡

Dehors, Blizzard a tiré sans avertissement une autre salve.

Je me suis fait un bouclier de feu, sur lequel la glace de son rayon a explosé.

Une fois les vapeurs dissipées, j'ai vu Blizzard courir en direction du saloon. Je me suis lancé à sa poursuite.

⚡⚡⚡

Dans le wagon, Mélopée a contourné la statue du docteur Gorgon pour s'emparer de son sac de voyage en cuir.

À l'intérieur de celui-ci, elle a trouvé les deux flacons d'eau de Kaboum volée.

Le premier était presque entièrement vide: le docteur l'avait bu. L'autre était encore scellé avec un bouchon de cire. Mélopée l'a glissé dans sa tunique avec soulagement.

Les Krashmals ne verraient jamais la couleur de ce liquide!

Dans le saloon, Blizzard a éclaté d'un rire rauque en me voyant entrer. Un rire digne du clan des Vautours, auquel il appartenait:

— Hark! Hark! Hark! Mes glaçons finiront par triompher de tes vulgaires flammèches!

Il s'est placé au centre du saloon, en dessous du grand lustre, devant le bar.

— Es-tu prêt pour un autre duel? m'a-t-il demandé.

Avant que je puisse répondre, il a levé la main pour m'envoyer une décharge de glace.

Tandis que Blizzard essayait de m'atteindre en plein cœur, je me suis lancé sur le côté.

Les grêlons m'ont frôlé et ont percé un trou dans le mur. Une fois au sol, j'ai tendu les mains vers le plafond. J'ai envoyé deux jets de feu directement au-dessus de Blizzard.

Mon tir a atteint son but: le lustre a été délogé de son socle et s'est effondré sur la tête du Krashmal avec un grand fracas. Blizzard n'a même pas eu le temps de crier: il était déjà inconscient!

⚡⚡⚡

Mélopée est venue me rejoindre pour me raconter son affrontement avec le docteur Gorgon. Puis elle m'a montré l'éprouvette retrouvée, ainsi que la petite quantité restante dans le contenant vide.

Au sol, Blizzard a poussé un râle de douleur. Il se réveillait!

Ce Krashmal de malheur avait découvert la cachette de l'eau de Kaboum; je ne pouvais pas le laisser s'enfuir.

Mélopée a sorti sa petite pochette d'herbes. En deux temps, trois mouvements, elle a fait l'invocation du Grand Oubli pour que Blizzard ne garde

aucun souvenir de tous ses méfaits!

Nous avons ensuite enchaîné le Krashmal et l'avons amené au shérif, qui a averti les Karmadors du coin par télégraphe.

Le propriétaire du saloon est apparu peu après. Je lui ai offert de payer la réparation des dégâts que j'avais causés à son commerce, mais il n'a rien voulu entendre:

— Vous voulez rire! Votre duel contre le Krashmal va rendre mon saloon célèbre! Tout le monde va vouloir le visiter et, bientôt, je serai l'homme le plus riche de l'Ouest!

Je suis sorti avec Mélopée. Nous avons quitté Silverado pour entreprendre le long périple du retour. Enfin, j'allais rendre à mon chef le précieux flacon. Ma collègue m'a gentiment proposé de conduire Pégasus pendant le voyage, et j'ai accepté avec plaisir de le faire.

J'ai remis l'éprouvette scellée à Éclipse, mais j'ai gardé celle qui avait été bue par Gorgon. Au fond de celle-ci, il restait une infime quantité d'eau…

C'est alors que j'ai demandé à Mélopée de m'aider à protéger le précieux liquide.

Grâce à une de ses incantations, nous avons scellé les dernières gouttes d'eau de Kaboum dans une pierre creuse d'un rouge profond.

Si les Krashmals réussissaient à triompher des Karmadors, la petite quantité d'eau de Kaboum ainsi préservée pourrait aider l'humanité à se défendre. Elle suffirait à créer quelques Karmadors.

Il faut conserver cette pierre rouge à tout prix. Je vais la faire sertir dans un médaillon, que je léguerai à mes enfants.

La nature de ce bijou de famille doit

rester secrète. Un jour, si un cataclysme se produisait et si la cruche d'eau de Kaboum disparaissait, le médaillon pourrait sauver la Terre entière, malgré la menace des Krashmals !

Éclipse ignore l'existence de ce médaillon. Aucun autre Karmador que moi n'est au courant. Seule Mélopée est dans le secret.

Je suis conscient que cacher ainsi une petite quantité d'eau de Kaboum n'est pas légal, mais mes intentions sont nobles. Et je suis prêt à en subir les conséquences.

Je suis confiant: un jour nous triompherons des Krashmals pour toujours!

Signé: Pyros»

Chapitre 5

Xavier referme le vieux journal de cuir, qui produit un nuage de poussière. Le garçon bondit hors de son lit. Mout et Sheba, qui s'étaient endormis près de lui, sursautent.

— C'est trop cool! s'exclame Xavier en s'adressant à ses chats ahuris. Il faut que j'aille raconter ça à Mathilde tout de suite!

Le garçon fonce dans l'escalier pour aller rejoindre sa sœur. Celle-ci est au gymnase. Il ouvre grand la porte. Mathilde est en train de rebondir sur le trampoline, tandis que Jérôme, plus loin, lève un gros haltère.

— Mathilde! Mathilde! Ton médaillon! Tu ne me croiras jamais!

— Quoi encore? demande la fillette dans les airs, habituée aux histoires rocambolesques de son frère.

— La pierre rouge de ton médaillon contient de l'eau de Kaboum!

Jérôme échappe son haltère en entendant cette nouvelle. Il pousse un cri de douleur en recevant le poids sur son pied.

— Si tu te moques de moi, tu vas le regretter! menace Mathilde.

— Je te le jure! Si tu ne me

crois pas, lis-le toi-même! répond Xavier avec assurance, en lui tendant le vieux livret de cuir.

✦✦✦

Dans le salon de la ferme, Pénélope, Mathilde et les Sentinelles viennent d'écouter le récit de Xavier, qui leur a raconté tout ce qu'il a appris grâce au journal de Pyros.

— Wow, s'émerveille Mathilde. Maman, est-ce que Mélopée est ton arrière-arrière-arrière-grand-mère?

— Oui, ma chérie. C'est d'elle que nous tenons notre nom de famille. Et Pyros est l'ancêtre de ton père. Nos deux familles travaillent ensemble depuis longtemps.

— Je comprends pourquoi Shlaq est prêt à tout pour s'emparer de ton médaillon, dit Julie à Mathilde.

— Mais qu'allons-nous en faire, au juste? demande Jérôme. Nous ne pouvons pas laisser la petite se promener avec ça autour du cou, quand même!

Mathilde se tourne vers Jérôme avec des éclairs dans le regard:

— C'est mon médaillon! Ce n'est pas à toi ni à personne d'autre de décider ce que je vais en faire!

Thomas tente de calmer Mathilde:

— Ne t'énerve pas. Nous n'allons rien t'enlever. Mais Jérôme n'a pas tort : il faut parler de cette histoire au Grand Conseil des Karmadors. L'eau de Kaboum est un bien extrêmement précieux. Si ton médaillon tombait entre les mains des Krashmals, nous serions tous dans de bien mauvais draps !

Mathilde prend le pendentif dans ses mains :

— Si qui que ce soit tente de me le prendre, il aura affaire à moi !

⚡⚡⚡

Pendant ce temps, au quartier général des Krashmals, installé dans la maison du maire, Shlaq étudie les plans de la ferme de Pénélope. Il est à la recherche d'une faille dans le système de surveillance des Karmadors.

Soudain, une lumière de sa console

s'allume. Un Krashmal tente de le joindre. Shlaq établit la communication, méfiant :

— Pourquoi dérangez-vous Shlaq dans son travail?

Devant lui apparaît un visage austère à barbichette:

— Shlaq, mon nom est Pygmalion. Professeur Pygmalion, du Grand Collège Krashmal. Je suis en contact avec une voyante du clan du Renard, qui a eu une vision importante. Elle vient de m'avertir qu'un précieux document a été retrouvé près de chez toi. Il s'agit d'un journal qui pourrait révéler l'emplacement de la cruche d'eau de Kaboum!

— Shlaq t'écoute, professeur Pygmalion!

— Il y a des années que je cherche ce document. Il raconte la défaite d'un de mes proches, le docteur Gorgon. Si tu m'aides à mettre la main dessus, nous serons invincibles! Et je pourrai enfin venger la mémoire de Gorgon !

— Shlaq est déjà au courant de cette histoire. Cela fait des mois qu'il tente de s'emparer d'un médaillon qui contient de l'eau de Kaboum.

— Alors je te suggère que nous unissions nos forces, lance le professeur.

Shlaq crache de la fumée par ses narines :

— Shlaq aime mieux travailler seul.

Pygmalion prend un air dur derrière ses petites lunettes rondes :

— Si tu acceptes de travailler avec moi, nous garderons l'eau de Kaboum pour nous et nous nous en servirons pour devenir les maîtres des Krashmals et du monde entier. Si tu refuses, je vais la prendre tout seul et tu seras le premier que je détruirai quand je serai invincible.

Shlaq éclate de rire :

— Tu es aussi terrible qu'on le prétend, Pygmalion ! Tu fais un excellent Krashmal. Shlaq accepte ton offre !

— J'arrive bientôt ! lance Pygmalion en coupant la communication.

Aussitôt, Fiouze manifeste sa présence dans la pièce, un sourire malsain aux lèvres :

— Nous allons avoir la visite du professsseur, votre altessse ? susurre-t-il.

— Quoi ? Tu espionnais Shlaq, assistant de malheur ?

— C'est ce que tout Krashmal qui ssse ressspecte ferait, cher patron.

— Alors, prépare le repas de Shlaq, car il a grand appétit ! Le professeur Pygmalion va aider Shlaq à pénétrer dans la maison de la sorcière. Shlaq pourra enfin mettre la main sur son trésor et détruire les Sentinelles une fois pour toutes !

Table des matières

Dans le prochain numéro...

Le médaillon de Mathilde

Dans une petite ville, quatre Karmadors protègent les citoyens contre les méchants Krashmals. Ce sont les Karmadors de la brigade des Sentinelles!

Shlaq a un nouvel allié: le professeur Pygmalion, un Krashmal âgé de plus de 500 ans et qui a, littéralement, un cœur de pierre!

Pygmalion a le pouvoir de donner la vie aux statues et il a l'intention de s'en servir pour s'emparer du médaillon de Mathilde.

Pendant ce temps, les Sentinelles doivent mettre le bijou en lieu sûr.

Les Sentinelles réussiront-elles à protéger le médaillon des assauts des Krashmals? Une chose est certaine: Magma devra payer un prix terrible pour aider ses amis au cours de leur mission. Un prix qui remettra en cause son avenir de Karmador!